偌多的诗

徐奇超　著

百花洲文艺出版社
BAIHUAZHOU LITERATURE AND ART PRESS

图书在版编目（CIP）数据

偌多的诗 / 徐奇超著 . -- 南昌：百花洲文艺出版
社 , 2025.3
　　ISBN 978-7-5500-5437-0

　　Ⅰ . ①偌… Ⅱ . ①徐… Ⅲ . ①诗集－中国－当代
Ⅳ . ① I227

中国国家版本馆 CIP 数据核字 （ 2024 ）第 084967 号

偌多的诗
Ruo Duo De Shi

徐奇超　著

责任编辑	许　复
特约编辑	夏红丽
书籍设计	汇文书联
制　　作	汇文书联
出版发行	百花洲文艺出版社
社　　址	南昌市红谷滩区世贸路 898 号博能中心一期 A 座 20 楼
邮　　编	330038
编辑电话	0791-86894717
经　　销	全国新华书店
印　　刷	武汉鑫佳捷印务有限公司
开　　本	880 mm × 1230 mm　1/32　　印张　7
版　　次	2025 年 3 月第 1 版第 1 次印刷
字　　数	115 千字
书　　号	ISBN 978-7-5500-5437-0
定　　价	78.80 元

赣版权登字　05-2024-419

网址　http://www.bhzwy.com
图书若有印装错误，影响阅读，可与承印厂联系调换。

青年时代的作者

看山还是山，看水还是水。

2017 年摄于黄山

藏在深闺人未识，清泪几行出寂寞。

2019 年摄于四川九寨沟

这一老一小的生灵，那忽高忽低的天空。

2017 年摄于内蒙古呼伦贝尔草原

冷漠的石头也有激动的时候。瞧，它兴奋得满面通红。

2019 年摄于甘肃张掖七彩丹霞景区

雨中穿行，雾里人生。

2019 年摄于安徽塔川

雪花是一支曲，回家是一首歌。

2016 年摄于某车站

树树皆秋色，山山唯落晖。

2017 年摄于安徽塔川

云飘天地外，山色有无中。

2018 年摄于西藏米拉山口

来自生命多棱镜的折光

——徐奇超《偌多的诗》序

田　泥

诗歌是穿行在宇宙的精灵，它将圣洁与美好携带到繁杂的俗世，飘落在了人的心间，绽放出瑰丽的姿态与图景；诗歌是语言的艺术，它撩起隐秘而美丽的面纱给人以惊奇以梦幻，构筑起一个丰盈的美轮美奂的现实中的想象空间，营造出鲜活而生动的精神意象，并散发与弥漫出葱郁而富足的诗意。游走于山水之间、徘徊在文字内外的徐奇超，他的诗集《偌多的诗》，是继诗集《影子》《轨迹》之后的新作，共收录了130首诗，分为《蓝色旋律》《荒原芭蕾》和《灿烂时辰》三辑。除了《遇你，在黄昏》《我读不懂你的眼睛》这两首是青年时期所作，其余皆是近几年的所得。诗人以诗性思维关注事物之间的互相联系、潜在的本质与规律，并蕴含了多重生命经验、尘世的哲思、精神想象等，构成了诗人在现实中生命多棱镜的折光，不仅有宇宙空间中的自然魔性及神奇，还有对精神线索与情感空间的构筑、现实的伦理秩序与生命内逻辑的展示，以及生命经验的誊写与可能图景的搭建。

一、宇宙空间中的自然魔性及神奇

诗歌艺术其实了我们一种超世俗的解放力量，它至少是一个象征，而不仅仅是传递感知与体悟。而诗集中展示了宇宙空间中的自然魔性及神奇，也拉近了诗人自我与大自然、宇宙的距离，寄情于山水间，呈现出一种浩瀚与宽广的胸怀，更具有一种超然的精神气质。在《梦海滩》《月光下的河流》《深秋之银杏林》《可可西里》《春之声》《雅鲁藏布江大峡谷》《开在夏天的一枝荷》中，所出现的海滩、河流、大峡谷、荷等，构成了自足流动的自然景观与生态系统，跃动在时间与空间中，发出了大自然之声，牵动着诗人主体的思绪与情感，形成了与诗人精神对话的空间。而诗人徜徉其中，醉心于个人观感、生命体验、主观印象、审美判断，如在《熔与融》中不只是对自然现象、形状等的描绘与展示，而是聚合着一种真实的关于现实的情感表达，更具有高度的生态意识与警觉，昭示人类必然要与大自然和谐共存。

《月光下的河流》则尽显意识流式的写法，或许堪称经典。诗人有着一贯的舒缓与从容，也有激越的内在张力的呼唤，烘托出了在大自然中寄予了自我生命理想的激越与奔腾。而其中"涌向月色的语言都锋利如刀刃",是积蓄在身体里的所有能量和孤独的迸发。

而《开在夏天的一枝荷》一诗,掩藏不住对"荷"的高洁的精神品格的爱慕与追随。

显然,大自然蕴藏着一种蓬勃的生命力量,唤醒了作为人的存在的潜能与激情;同时,诗人在这自然空间中,释放了情感积淀,也宣泄了自我的情绪,获得了心灵的净化。那么火山喷发般的激情来自哪里?原始的呼喊源自何方?多种艺术方法的运用,动与静的对比,梦幻与真实的融合,切换的画面,跳跃的空间,一条通幽之曲径伸向深处。诗歌的张力在这里凸显,巨大的想象空间任你天马行空自由驰骋。真可谓一支道法自然的神曲,一首天人合一的华章。这也正好暗合了现代诗歌的先锋探索性,也昭示了对传统的承续与接轨,并没有与过去发生彻底的断裂。

二、潜在的精神线索与情感空间

我们知道,自19世纪末、20世纪初及至当下,在世俗化的过程中,对人的情感主义和个人主义的追逐,成了艺术表达的一种美学范式,并日渐影响到世俗生活中人们的伦理、道德指向,并上升为一种占优势的艺术力量,影响着人们的生活观和道德观。而对于个人伦理主体的建构,就应该是诗人要追求的精神线索与精神空间。严羽《沧浪诗话》认为诗有九品,其中的"高、深、远"

不仅指立意的高、深、远，还指要给读者以充分的想象空间。而徐奇超的精神线索自有其极强的情感驱动力，可以细化为与自然、神、母性等三种潜在的情感关联。

第一种为"我"与自然共生的线索。如《大海，我想对你说》《局部荒凉》等，尤其在《局部荒凉》中有这样的描绘：

> 我的认知再次从雪峰滚落下来
> 下面的山体
> 一半草木葳蕤，一半怪石嶙峋
>
> 你一定原谅了我认知的荒谬
> 不然的话
> 经幡不会那么灵动，那么鲜艳
>
> 中巴在高原山路逶迤向前
> 硕大的果结在天上
> 娇美的花开在地下
>
> 我梦幻的足迹藏在苍鹰的羽翼里
> 蓝天白云扑向我
> 我怕你会起身离我而去

这是一个极为平常的事件，诗人却写出了九曲回肠。在既得与恐失之间徘徊，在信任与怀疑之间犹豫，在阳光与荫翳之间穿行。雪峰、苍鹰等客体意象与"我"主体的心理活动相互交错，营造出深邃的想象空间，耐人寻味。在《冬阳暖照》中有自然之光与生命的折光，闪动在视线中。

　　　　我在光的边缘

　　　　完成一次虔诚的忏悔和洗礼

　　　　光，在我的肉体表面闪烁

　　　　漫过刚刚醒来的梦

　　　　一道斜阳投来，霞光披在你身上

　　　　万物伸出金色的触须

　　　　向下拥抱泥土，向上亲吻太阳

　　　　…………

　　第二条线索为我与神的对话。如诗人将日常、神话、图景、生命等融为一体，呈现对大自然的描绘，期待着一种自然大美与岁月静好。如《游新疆天池适遇大雾》《雨中》等，后者有这样的表达：

　　　　天在下雨，在下暴雨

　　　　雨水像癫痫病人的泪水

溺毙河流的呻吟

女娲补天的双手举起

梦幻的天空一片泥泞

雨滴在跳动

在欢快地跳动

它像蓝色的音符在燃烧

你涉水而来

庆幸的是你发际的沟壑已被荡平

如果你的跫音轻点儿

那一定是我明天不再魔化的身影

我把井蛙给你的颂词

寄存在高高的广寒宫

唯有这样，你微启的朱唇

才会嬗变为雨后的一弯彩虹

…………

    第三，"我"与母亲等他者的情感维系，也成了一种精神线索的表达。诗人把眼睛里的真实画面，以一种主观的情感摄入，从而拓展着诗歌表达的多重可能性。如《轨迹》《母亲》《老屋》《想你的时候》《我身旁，飘过这女郎》《灿烂时辰》等，缀满了对父亲、母亲及恋人等的情意表达。尤其是《母亲》一诗中，通过母亲的身体，诸如眼睛、手、腿来表达母亲一生爱的付出，以及生命存在的意义。

母亲的眼睛
是清澈的潭。她把潭水一样
纯净、深深的爱给了儿女
后来她的眼睛老花了，模糊了
仍清晰地看到孩子身上的胎记

母亲的手
是双美丽的手。她用纤纤玉指
理顺孩子的发，抹去脸上的泪滴
后来她的手枯槁了，颤抖了
仍等在门外接过回家孩子的行李

母亲的腿
是双健美的腿。她风里雨里
辛勤劳作，把儿女抚养长大
后来她的腿蹒跚了，疼痛了
仍穿越千里去看看在外的儿女

诗人用质朴的诗性语言，尽力展示母亲外在温润的女性形象与坚定内心之间的张力，同时发掘女性身上的精神力量，彰显出一种能够超越时间和现实的聚合力。或许就是这样一位温润、厚实、坚强的母亲形象，让我们看到了中国人的生命底色与所蕴藏的中华母体精神。无论经受与遭际了什么，都蕴藏着生命的坚韧与精神力量，这样的中国式的母亲绵延着社会与历史在发展。

最后，作者与自我的对话，散发出世俗空间的烟火与尘埃，还有现实性革命性。其实，这部诗集最先吸引我的，是它有世俗空间里的清雅散发与烟火弥漫。这里不仅有自我精神想象，而且充满了世俗主义的现实性与革命性，既有古典情怀与雅趣的展示，也折射出世俗景观里多样的人性美。因此，在现实与想象之间具有诗性张力及其拉伸空间。如《夜读》《牧羊人》等焕发着一种尘世的奔腾与热浪，也激活了夜色里的凡间烟火，构成了飞度灿烂的繁华视界，总会使人眼前一亮，品之如饴回味再三，给人以无限的想象余地，这就是诗意的魅力。在《一支粉笔的舞蹈》中，则是对尘世里自己真实生命的写照。而《致自己（To Myself）》，可谓是诗人对自己的画像或自我人生轮廓的勾勒，并有着生命的期许与寄予，在世俗空间与精神空间中，完成了对自我的定格与塑形。

有时，我又不认识你
好像陌生了几个世纪

可是，我对你的追慕

却如大海亲近小溪

不管汩汩清流

还是点点水滴

我是你的影子

你是我的唯一

每当夜色朦胧

你是否听到月光下凤尾竹的歌唱？

那是我

献给你的神曲

也许，这一生我不能没有你

不管你青春韶华

还是垂暮古稀

你是否看到蝴蝶在春天的舞蹈？

那是我，把千年的约定

守望成伊甸园的桃红柳绿

可以说，正是诗人在自然、神、母亲、自我等界面构成了主观情感的投射，从而将自然、神与母亲等进行了具象化的塑形，也拓展了诗人情感表达的空间。如此，诗歌里的精神线索与情感空间，蕴藏着的世俗性包含着极致的生命实体的朴素，传达出岁月中的温暖与舒缓，能够将生命里的紧张与不适消解，也滋润了精神的高贵与脱俗的清雅。

三、现实的伦理秩序与生命自在的逻辑

世间万物皆有内在的秩序与外在的秩序。从日常生活走向社会生活，从世俗走向精神空间，诗，就是穿行其间的心灵飞渡，也是关于现实的折射，附着了对世界伦理道德秩序的期许，也契合着自然法则、社会法则与发展逻辑。艾略特认为，在诗歌创作中有种"想象的秩序"和"想象的逻辑"，它不同于一般的秩序和逻辑。因此，诗人愈是浮想联翩，也就愈能激发读者的兴趣和想象力，收到的鉴赏效果自然也会更好。《蓝色旋律》蕴含着生命的旋律与内在节奏，而《梨树挂果了》等则是对生命内在力量的赞美。而在《一棵新来的树》中，拟物与拟人之间进行多重切换，有着对自然生命的敬畏。

还有《大海》，"大海""日月"与"我"同时出现在诗里，并吸纳了曹操《观沧海》中的千古名句，容纳其中，呈现为"大海之大，日月之行若出其中／大海之小，可以装进一个人的胸膛"。这样汪洋恣肆的诗句，不仅将海拟人化也把人拟物化，引发与激荡着读者的想象，像大海那样汹涌澎湃。

此外，还有诗集中的长诗《静静的瀡河》中第六节，也有类似的艺术表达。

　　那个多梦的夜晚

　　泪水抬高了丰腴的河床

　　几丛芦苇披散着头发

　　立在水中央

　　风，翻阅一河轻柔的细浪

　　千百种色彩妖娆那段时光

　　还记得那片沼泽地吗？

　　你的胸脯起伏在滚烫的脊梁

　　火焰在海水里燃烧

　　海水在火焰里飞扬

　　那火焰像牧师驱走的一层云翳

　　那海水似神父挥来的满天霞光

　　…………

诗句的张力、弹性，扩展了读者的想象空间以致无限地延伸。诗人以一种静观的态度，嵌入了自我对理性秩序与世界秩序构建的期许及主观态度，追寻着康德"美是道德善的象征"的言说，将生存世界与世界中的生存，提升为一种"无目的的合目的性"。可以说，诗人富有精神创造力的构想，充满生命质感与生命律动，渲染出极具感染力的灵动表达。

四、生命经验的展示与可能图景的搭建

诗歌不只是情感的形式，它超越了时空的限制，勾连历史与现实、过去与未来、情感与理智、生命与图景，等等。正如尼采在《悲剧的诞生》序言《致理查德·瓦格纳》中指出的："艺术——而不是道德——业已被看作人所固有的形而上活动……事实上，全书只承认一种艺术家的意义，只承认在一切现象背后有一种艺术家的隐秘意义，——如果愿意，也可以说只承认一位'神'，但无疑仅是一位全然非思辨、非道德的艺术家之神。"因此，诗歌里蕴藏着生命密码与生命言说。

当然，人类经验与生存事实，成为艺术表达的主体内容。人类需要整合这样一种生命图景，将日常生活中的私人空间与公共空间中融合起来的诗意，以某一种方式传达出来。在《偌多的诗》中，诗人关心婚姻、青春、欲望、身体、友情等，如《遇你，在黄昏》《我读不懂你的眼睛》《送别》《出站口》，阐释了对人与人存在的生命图景的认知，并传达关于世界的构成样式与精神想象。在《出站口》一诗中，有着这样的画面：

他靠着窗弦
车外画面帧帧闪过

几头牛在春天的田野里嘶吼追逐

他体内涌动起燥热

托腮的手

像托着一座即将喷发的火山

空气中飘来圣女果的清香

轻轻一碰

就有无尽的诱惑

车轮滚滚

碾压着淮北大地的黄昏

…………

诗人通过隐喻、暗示、象征、烘托等手法使意象如一个青春少年般灵动，又像一个醉汉摇摇晃晃。通览《偌多的诗》全书不难发现，诗人深谙象征主义之道。大多数作品侧重于个人幻想和内心的感受，并使用有质感的形象，以对比、联想、烘托等手法，从而达到一种具有延伸感的艺术效果，且不失音乐美和韵律感。

当一个人的灵魂如开阔的大河，奔腾在时间里，净化着尘世的喧嚣与嘈杂，他必然携带着自己的精神意志，朝着自己确定的方向行进，从"光的边缘处"走向"精神之光"。而诗歌成了徐奇超生命的伴随，续写着自己的个人生命体验，也在誊写着一个时代的声音。在《时间之外》中，则有别样的表达：

时间之外会发生什么呢？

一切皆有可能

比如冬阳暖照里

打着哈欠的一只翠鸟

目光点燃了昨夜星辰

一场未曾折腾的爱情甩光了内衣

一只衣衫褴褛的雌蚁

在一颗颤抖的露珠上舞蹈

雪花飘给它幻影

⋯⋯⋯⋯⋯

而我仍在时间之内修补破损的梦

朔风嘶吼

玫瑰的喉部蹿出一曲

《莫斯科郊外的晚上》⋯⋯

这里有着温暖的冬日，有着慵懒的倦鸟，也有褴褛的雌蚁，还有对未来的期待，就如同"我仍在时间之内修补破损的梦"。生命日常中的鸟语花香，还有山河日月星辰，汇成了诗人如梦如幻的光景，颇有几分禅意。或许是因为诗人在中学时迷恋过摄影，他很善于捕捉生活中的瞬间，由此，在诗歌中有了美妙的生命力和独特的美的层次感，既具有绘画性，也有深邃的审美维度，恰如水墨画或油画，有淡雅清丽的意境之美，还有凝重的质感与深邃。

《偌多的诗》是诗人以生命以心灵以时间，捕获的关于自然、宇宙、河流、故乡等的感知外显，呈现出飘逸、灵动、阴柔之美，但又有阳刚磅礴、雄健奇崛之势，且不失意趣与哲思之韵味，在诗情与画意的构筑中彰显着有力道的野性，还有人世间的温暖与美好。或许有人会说，当一个诗人过分注重经验与当下，便缺失了哲学与审美意义上的表达。诸如诗歌中出现的好的意象，若围绕核心意象，细心去营造诗歌意境，或许就会有更好的审美维度与哲学深度。但对于有着由工科转文科的学习背景，有着由白领到教师的职业转换经历的诗人来说，这样的生命经验，丰富的生活阅历、交叉的学科领域，加持了诗歌创作，使其能自由地在感性与理性、抽象思维与形象思维之间跳转，并通过一定艺术表现手法，将其对现实的观察或未来想象，还有主观感受与精神意志等，进行立体呈现，使诗歌有了巨大的解读空间，又呈现出朦胧而梦幻、唯美而浪漫之格调，体现了情感与理性、思想与形式的和谐统一性，诗意的表达显现出表达的诗意，还有自然之光与生命之光的交相辉映。

在多元媒介新时代，徐奇超行走在主流诗歌大潮中，承接古典，走向未来，拓展出一条属于自己的艺术之路。而《偌多的诗》是来自生命多棱镜的折光，更是诗人从光的边缘处走向自我精神之光的见证。

是为序。

2023 年夏于北京

（田泥：文学博士，中国社会科学院文学研究所研究员）

目　录

第一辑

蓝色旋律

熔与融

熔融物在地幔深处聚变涌动
你，火山喷发般的激情
你在亿万年前死去，在此刻重生
我用你的激情飞越喀喇昆仑的雪峰
冰川正在消融

我要告诉你，你的呼喊
是划破荒寂的雷霆
你的呼喊，来自原始的丛林
你的呼喊，来自亘古的星空
我准备好了，发起又一轮冲锋

我要祝福你
炽烈的岩浆
正蓄势待发
它要冲破禁锢的地层
它喷出来了
它裹挟着火焰
大地在燃烧，在痉挛，在呻吟

熔融物在地幔深处趋于平静
一如疲惫的你，安然无声
海潮退去，天空依然朦胧
月光下那枚酣睡的小贝壳
是你今夜温柔的眼睛

2021 年 5 月 4 日

月光下的河流

河流在月光下走得不快不慢
步伐有时斑驳，有时苍凉
水中有捕不完的鱼
漏网之鱼在自己捕捉自己
风把河流缩小为一颗水珠
水珠虚拟出昨夜的巨浪排空
往事在波峰舞蹈
月色朦胧却有着恋人的心跳
和此时的雁鸣
河流不会通向永恒，也许会
通向人间一场纯真的爱情
月色快速嵌入我的困倦
这应该是一个瞬间逃避的时刻
河岸的景象在变换
鱼和蓟草低语，启发雄性思考
某些信息被失忆者牢记
我渴望有一种异样的声调
它奔突如烈马，喷发似火山
喜泣如重逢，坠落似流星
每个眺望都有玫瑰在燃烧

每个回眸都有雷霆在咆哮

岸滩悬空，星辰倒挂

涌向月色的语言都锋利如刀刃

流水追逐流水

孤独攻陷孤独

我的脚步惊起几只水鸟

倏然改变河流的方向

2022 年 11 月 26 日

致自己（To Myself）

有时，我看不清你
好像三月的晨雾迷迷离离
可是，我对你的情愫
却如天空拥抱大地
不管冰雪覆盖
还是芳草萋萋

有时，我又不认识你
好像陌生了几个世纪
可是，我对你的追慕
却如大海亲近小溪
不管汩汩清流
还是点点水滴

我是你的影子
你是我的唯一
每当夜色朦胧
你是否听到月光下凤尾竹的歌唱？
那是我
献给你的神曲

也许，这一生我不能没有你

不管你青春韶华

还是垂暮古稀

你是否看到蝴蝶在春天的舞蹈？

那是我，把千年的约定

守望成伊甸园的桃红柳绿

　　　　　　　　2022 年 2 月 25 日

读你

一枝梅花，拉近与春天的距离
你一个转身，落雪戛然而止

我站在你眸光的边际
打量攀缘而上的春色

红与白，激荡时空的画境
我穿越隐喻和象征，走向你

太阳倾诉，月亮洞悉昨夜的梦
万物沉浸于你的拥抱

除你之外，没有谁能让初春的微笑
出神入化，惊呆读你的人

2023 年 2 月 23 日

蓝色旋律

烛光摇曳出刚烈的幻影

洁净的黑在震颤中骤逝

我化身成羽

在低低的盆地穿行

夜色擎着高过头顶的神秘

像那被打破的次序

抒情的线条相互交织缠绕

掠过山峰又跌入谷底

峡谷深处

小小的宇宙掀起风暴

死亡和重生

瞬间闪烁金属的光泽

不同多边形挣脱羁绊和压抑

试图去表达短暂的抽象

进军的旗帜倒下又在围城举起

听流星的呼啸像萤火的呐喊

你羽化成仙

我卷入你美丽的涟漪

2023 年 4 月 15 日

夜读

深夜，你在读苏格拉底
我在梦中读着你
穿过黑暗，我们会心一笑
时空交错，万物游弋
唯一的通道打开又关闭
我在狭窄脉络里修饰，重置
仿佛苏格拉底
从《斐多篇》的扉页走了出来
你也走出我的梦境
这多像我们的共同期许
不过你在普罗旺斯的薰衣草地
一抹斜阳舒展你孤独的美
我觊觎某个黄昏
当圣保罗教堂的钟声响起
或黄鹤楼沐浴朦胧的晨曦
我收集储存你清澈的目光
和来自大漠深处的风雨
凭借阅读

交错的时空被反复浸染

这一切多么使人痴迷

如果你也读到了我

这个夜晚将不再静谧

2023 年 5 月 13 日

开在夏天的一枝荷

大地空了
一枝荷开在夏天的清晨
她静静独自绽放
亭亭身姿远远多于我的想象
我聆听她
来自身体内部的声音
飞仙之气被送达幽深的叙事末端
那是我的寄居之地
也是我的流浪之所
一只远道而来的蜻蜓
有着和我一样的慈悲和善良
它立于菡萏之上的样子
像极了我对这个季节的愧疚
它迷恋她的芬芳
我则倾慕她的孤洁
霞光漫过湖面，把天空压得更低
荷蓦然幻化成你，凌波而来
哦，如果没有你
我和蜻蜓怎么能装饰一个短暂的夏天？

2023 年 6 月 17 日

想你的时候

想你的时候
在月亮升起的夜晚
星光歌唱。我停止了自己

想你的时候
在雪花飘飞的黄昏
倦鸟归巢。保留大地的孤寂

想你的时候
在梅花绽蕾的清晨
花影斑驳。我陷入了自己

想你想不下去的时候
风儿刚好停止
山川无语。满目都是你

2022 年 12 月 27 日

胡杨风情

为了孕育纯真的爱情

你使尽全力让冬天提前到来

胡杨，沙漠英雄树

秉持与生俱来的耿直和不屈

挺立弱水河畔站在时光深处

固守着千年不倒

倒而千年不朽的特异元素

那年初冬我来到这里

风景在眼里摇摇晃晃

那颗仍在青春激荡的心被我高举

昼夜错乱。我遇见另一个我

爱情之花绽出一颗蓓蕾

一棵虬枝秀逸的胡杨

与我目光相接似有万语

瞬间仿若沙漠的风声被凝固

暮色从周围包抄过来

加重了大地的沉默

远处忽有驼铃响起

落叶闻之翩然起舞

传说中的楼兰美人若隐若现

胡杨的风姿妩媚出一派迷离

弱水河波光粼粼

我的倒影融于其中

得意于多年来

我没被八面来风吹散

倒是在这大漠的胡杨林里

完成一次预演

一位红衣佳人踏雪而来

2022 年 12 月 30 日

七月童话

七月的天空很瘦
瘦得听不懂风儿吹来的絮语
草木的深情也被辜负

你辽远的手势
推开七月的缝隙
澎湃之心，托起人间的清晨

清晨骤燃的
波涛之蓝和空旷之白自由转换
鸟儿则随遇而安

唯你
似童话的梦幻流出皎洁的月光
照进那扇斑驳的窗

2023 年 7 月 26 日

深秋之银杏林

一个眺望走来深秋

季节抖落一地寒霜

棵棵银杏从《诗经》里醒来

溪水作镜慵理红妆

那金黄色的叶子随风摇曳

交出内心的姿容和芳香

林间鸟儿噙着天外色彩吟唱

粉红色的音符

跳跃着我柏拉图式的思想

光阴如经书翻卷芦絮飞扬

虔诚的誓言蓄满影子

纵容一羽鸽子的翱翔

离开时间的秩序

灵魂丢失在寻找的路上

缥缈的气息无处不在

被我的疼痛突兀地填充了空旷

追逐落日的人

三千丈愁丝诉说于月亮

穿过一排银杏树的长度

沦陷区域里迷失回转的方向

推演伯努利方程的姿势

震荡起加勒比海洪波巨浪

Let it be as it may

To a savor of moving on

远方飘来朵朵白云

虚空翅膀逼出道道祥光

一匹有着悲悯情怀的烈马

驮着我的童年振鬃嘶鸣从天而降

血红的落叶杳然而去

秋林恣肆出我一生的奢望

我扶起被惊呆的黄昏

拥抱低声抽泣的夕阳

时空变得狭窄

哀婉的记忆化为利剑的锋芒

长空雁唳

玫瑰圣火像昨夜疲惫的蟾光
而旁边一株小墨菊
多么像我爱过的一位姑娘
风簌簌
美丽依旧，散发迷人的芬芳

2022 年 10 月 23 日

时间之外

时间之外会发生什么呢？

一切皆有可能

比如冬阳暖照里

打着哈欠的一只翠鸟

目光点燃了昨夜星辰

一场未曾折腾的爱情甩光了内衣

一只衣衫褴褛的雌蚁

在一颗颤抖的露珠上舞蹈

雪花飘给它幻影

……………

而我仍在时间之内修补破损的梦

朔风嘶吼

玫瑰的喉部蹿出一曲

《莫斯科郊外的晚上》……

2022 年 11 月 19 日

一支粉笔的舞蹈

一支粉笔，就是一个精灵
她聚天地之灵气
汇日月之精华
在我手中舞蹈，一曲梦芭蕾

她足尖点地，似腾空而飞
急赴康德的约见
她伸展修长的臂
似要接过黑格尔递来的《美学》

她旋转，跳跃
在《文心雕龙》里腾云驾雾
在《沧浪诗话》里中流击水
我托举她的灵魂，扶直她的娇躯

黑板，睿智的地中海
讲台，善辩的腾格里沙漠
我思接千载，心骛八极
滔滔不绝，游弋无限的澎湃

教室，如看台又似苍穹倒扣
思想的火花、青春的火花交融
一曲舞罢
下课铃声引爆象牙塔里的欢呼

2022 年 9 月 23 日

你的眼睛

一束光，自你的眸中射出
仿佛它从星际倾泻下来
托起山川，在黑暗中闪烁

我悄悄攫取那束光
穿透一棵蓟草的心脏
大漠边关，遇见走失的爱情

霞光落下来
你的眼睛吸纳万般色彩
我遁入其中，这个世界才有了该有的样子
2023 年 6 月 4 日

成都环球中心

夜色和着侍应生的影子

一起被塞进这座庞大的建筑

我真切感受到它的心跳

和秋日最后的疏朗

它伟岸的身躯似要擎起整个夜空

它的情绪在燃烧

粉红色的火苗形象而具体

也许沐浴了九寨沟的水

也许领略了羌寨的云

一个眼神便多一颗星在闪烁

闪烁的骤停

成为时光记忆的一个符号

2022 年 4 月 29 日

无关离别

分别的日子
就是等着再见
我把你回眸的泪光
孵化成翱翔的鸽子
追风也追你
我的站姿很重
压得千山万水喘不过气来
你的步态很轻
飘曳的裙裾牵着满地色彩
写进蓝天白云里
翕动的春光似乎与我们无关
我脱离了我
你脱离了你

2023 年 2 月 1 日

向日葵的独白

有人说，我是个傻姑娘

一腔痴情都给了太阳

太阳离我是那么遥远

我一生也不可能成为他的新娘

可是，一想起他那翩翩风度

止不住爱慕像浩浩江水流淌

我在风中

校准他的方向

我在雨里

燃起对他火一般的渴望

我在黑夜里

企盼黎明露出他那俊朗的脸庞

老实说，这爱折磨人哟

我寝食不安，几乎寸断肝肠

有时候，我也在想

等到何时我不再围绕他转了

我就成熟了，也就活出了自己真正的模样

2022 年 6 月 18 日

渴望最后修饰的荒原

万物凋敝
荒原颓废得无所顾忌
唯有蓝色的情绪在呐喊
像初恋玫瑰探出的一叶新绿

风和影子在虚无里厮打
时间的身姿几乎遁迹
我的目光穿过初冬的丛林
寻找飘来的那声鸟啼

天空蔚蓝
疲惫的落叶撒满大地
哦，我该如何描述我的远方
我停下的脚步在饥饿中叹息

蓦然，你灵魂之石迸发金玉之声
仿佛夏日的雷电划破荒寂
我钟情那一束光
光芒里一株归隐的草快乐地战栗

2023 年 7 月 9 日

秋景

秋风萧瑟
遥看千山尽苍凉
木叶凋零
弱水渺茫
北雁南飞声声里
啼断几许柔肠

梦里故梓
羁旅天涯身伴霜
悲歌击筑
难消离殇
极目潇湘空念远
一樽还酹斜阳

2022 年 8 月 21 日

一只猫的哲学

忆起一只猫
它存在于虚幻而灰暗的背景里
它使主人的夜变得寂寥而漫长
有时，它的咪咪声
既像远方的呼唤又似主人的呐喊
有时，它又像家里的一个主管
领着仆人整理堂前月色的影子
或调节情绪的饱和度
它曾偷听过"我爱你"的谎言
和"为你而死"的疯话
夜晚它从自己的包装里走出来时
池塘的蛙声就戛然而止
玫瑰亦送来一阵芬芳
那捕鼠的利爪因不用而退化
它时常温柔地把玩主人的长发
或亲切耳语几句
夜色里它晶莹的双眼愈发明亮

恰似哲人睿智的目光
有时它不动声色地观看一幕幕悲剧
或上演一场喜剧

2022 年 4 月 21 日

声音内外

声音翻越时空的栅栏
洒落一地斑驳
为此向日葵背叛了太阳
流水移情于月光

你的声音是立体的
像风中飘扬的旗帜
飙动起三月的春潮
我在春潮里几近窒息

声音化为一叶扁舟在海面漫溯
波浪拍打船舷声是我的快感
音符在跳跃
你，如海市蜃楼若隐若现

2022 年 11 月 26 日

冬阳暖照

面对一束光
不会有多余的喟叹
不管来自何方都怀抱可见的恍惚
光笼罩下的干枯
一颗雀跃的心即可抵达
丛林或荒坡
悬崖或冰川
消弭光初来乍到时的慵懒
恰如会意的一个眼神
压住了所有冲突
冰雪消融，心田葳蕤
蛰伏的身躯振臂呐喊
我在光的边缘
完成一次虔诚的忏悔和洗礼
光，在我的肉体表面闪烁
漫过刚刚醒来的梦
一道斜阳投来，霞光披在你身上

万物伸出金色的触须

向下拥抱泥土，向上亲吻太阳

这，多像昨晚我给你没写完的一首诗

2023 年 1 月 13 日

你像那三月的桃花

遇你之后的时光越来越调皮
总是把你的影子藏在梦里
像三月桃花，表达春风的流向

绮丽的落日，聚集橙色光子
天地肝胆相照
花蕊成蝶，在暮色里翻飞

幻觉里的迷彩，流出天籁
你飘逸的发是跳动的乐谱
曲终，依然三月不知肉味

在炊烟升起之前
我把幸福送到孤独深处
你的名字，蓦然移动了大地

2023 年 5 月 25 日

这一天

这一天，太阳的眼睛半睁半闭
几朵乌云追逐着，似在游戏
时空像一位将逝的智者
偶尔挤出一句禅言或谶语

向上攀爬的高楼，坐在半空喘息
脚手架上蹿出悬崖峭壁
一只度假的灰喜鹊
停留片刻评头论足，又扬长而去

薄冰下的草擎着昨夜的梦
它晃动的手臂，像进军的旗帜
泥土在萌动
路边的石头哼着苏格兰小曲

这一天，星辰爆炸后又聚集
玫瑰和蝴蝶已心有灵犀
待解冻的江河在我胸脯跌宕起伏
我怕寻你的路迷失在雾里

2022 年 2 月 22 日

梦的解析

我醒来，你还在梦里

我沉迷你唇间的黎明

不愿轻启的智慧

窗外鸟鸣更替

你的睡姿回到纯净的创世纪

你梦中符号落满月儿清辉

峨峨泰山如此轻盈

我看着你

梦之花绽出一个干枯的时间

我把那轮潮湿的月亮给你

我的目光被你的气息熔断

它俯冲下来

飙起清晰的路径和方向

我的世界如混沌初开

每一粒沙都在你的梦里栖息

2022 年 12 月 30 日

子夜变奏曲

眸中倏然波涛汹涌
冲锋的姿势在一盆地跃起

自由的思维，嬗变子夜的心情
束缚的思维，踉跄的步履低泣

夜风翻阅沉郁的文字
攥紧的拳头酝酿一场云雨

天空隐匿鹰隼的翅膀
播下大地匀净的呼吸

2022 年 12 月 25 日

我是瀑布你是潭

山之高
谷之深
我一跃而下

飞溅的水珠
欢快的轰鸣
是我情真意切的倾洒

奔向你的怀抱
粉身碎骨
也要开出并蒂花

2023 年 5 月 28 日

初夏

草木摩拳擦掌

鼓动起向上的热情

雨后池塘

几片嫩绿的荷叶

擎着好奇

打量这夏日神秘莫测的高度

一只紫燕低空盘旋

久久不愿离去

似乎在寻找或留恋什么

此时阳光刚烈，万物灵动

我凝视的目光摔下

瞬间我的影子消遁

2023 年 5 月 16 日

中秋望月

天上那块石头

散发柔和的光

柔光，像武士手中的戈戟

直扎我的胸腔

我轻轻移去额前那片阴影

想看清天堂里的爹娘

月光似乎有声

敲开童年的记忆并送入苍茫

月光好像是水

汩汩流淌的，是我清泪两行

我是被月光遗忘的，照耀后的剩余

零乱的魂漂泊于九天之上

我是被父母牵挂的，恩幸的宠儿

如烟的往事在曲折廊檐下典藏

我双腿被缚却脚步不止

我睁大眼睛却一片渺茫

2021 年中秋节

童话里的小木屋

那个小木屋不曾辜负你的期许
扎寨森林溪谷边
努力站成你喜欢的样子

一只雏燕，你的前世化身
正穿雾而来。呢喃声声
那是一曲《仲夏夜之梦》

风携彩云来
坐听松涛起
我从你的目光读懂了世界

世界在变。时光愈加温柔
你的眸子愈加清亮
虚幻的轮廓具体真实而通透

2022 年 5 月 14 日

月夜歌声

谁在这样一个月夜
她的歌声唱醉爱琴海的波光？
我的耳朵，只为她而生
一曲《My Heart Will Go On》
在溶溶月色里沸腾
轻点儿，把高音唱轻点儿
不要触碰那鲜花和泪水
不要惊扰那甜蜜的梦
可以一声轻柔，穿透一束星芒
或收纳星芒的几粒低泣
忽略那高音区吧
像规避一场海啸或山崩
然后用一个失眠的夏季
融入荒原的黎明

2023 年 5 月 12 日

杜鹃花开

遇你之后的第二天杜鹃花开了
繁花似火，燃烧着荒凉
入夜，一场浓雾从地中海而来
沿途的疑惑在迷蒙里结冰
你在雾中隐身
我在雾中也丢失了自己

月迷津渡
雾失楼台
雾里聆听花语
风簇拥着它，悠悠而来
沉寂的事物都在躁动
躁动的事物都在呐喊

花的光泽向虚幻处凝集
幽深的封印被重新开启
接纳一缕月色的指引

柔软的色彩抵达荒漠的边际

部分声息得以修饰

所有的遗漏都将返回原地

2023 年 1 月 13 日

梦海滩

若有这样一个海滩就好了
洒满皎洁的月光
我牵着你的手
把夜色攥得紧紧的

若海风吹得更凉点就好了
这样我们会靠得更近
我的心跳
触碰你的心跳

若我的胆子再大点就好了
陶醉你唇齿间的芳香
海浪轻吟
我体内之火点燃你体内之火

若这一切是真的就好了
你的柔情打开世界最美的风景
星空寥廓，涛声具体
收纳我对你的全部渴望

2023 年 4 月 30 日

花语

一花一世界
那花的世界有什么呢?
如果没有你
再美的花也是一叶枯草
我沉醉花香里
犹如你的体香，淡淡的
记得第一次见到你
你的笑容那么灿烂
像一朵盛开的山茶花
世界因你而苏醒
一季的花开
便有一世的芬芳
你在我的眉宇伫留
在我的心头凝香
风移花影
每晚你轻柔地进入我的梦乡

2023 年 5 月 28 日

梅花

孤梅遗荒径
暗香有无中
不见赏花人
只闻犬吠声
一任著风雨
落寞谁与同
虽是春已归
黯然动愁容

2023 年 4 月 9 日

今晚的月色

今晚的月色
犹如十里长堤般静默
她充盈我的身体
并把我高高举起
穿越冬雪的混沌
把我推向明晰
云淡风轻处
有一簇花的私语
那是一束光
照亮了我，也照亮了你

2022 年 12 月 1 日

廊桥听雨

廊桥西望乌云低
风物何曾似故里
九曲深寒锁前浦
疏林新枝鸟空啼
而今听雨独凭栏
心湖梦水起涟漪
道是平生痴念少
欲寻陶公寄东篱

2022 年 7 月 10 日

渴望时间最后的修饰

你曼妙的脚步
跳动春天最喜悦的音符
大地烙下你昨日的色彩

时光丰润起来
渴望和孤独都是夜的背景
澎湃的心事，星儿最后知道

借一树残红和草尖的露珠
悄悄隐藏自己
为罅隙注入新的活力

当跫音戛然而止人间葱郁之际
我站在更为寥廓的出口
看你含泪奔我而来

2023 年 4 月 8 日

画你

静女其姝
恍恍兮若轻云之蔽月
静女其娈
飘飘兮若流风之回雪
远而望之
翩若惊鸿出霞朵
迫而察之
灼若芙蕖立碧波
静女娴兮腹有诗书若兰花
静女炜兮胸藏大志若江河
香雕玉成，绝世而立
花犹顾影，一笑倾国

2023 年 4 月 9 日

今晚的月色使我想起你

今晚的月色使我想起你
想起你
像微风拂过湖面荡起一层涟漪

远方捎来你的气息
你的气息氤氲着我
像雨露滋润干涸的土地

月光似水
流水声是你的浅吟低语
我的心已随孤独的夜走向你

我愿是今晚月色的一分子
漫过你的窗棂，呼吸你的呼吸
不知你在梦中是否和我已相遇

2023 年 3 月 3 日

风吹来的时候

风吹来的时候
过江千尺浪入竹万竿斜
有时吹灭星辰
有时吹得枯木发芽

风吹来的时候
犹如你的手指划过我的面颊
抚平道道吻痕
又种下朵朵雪莲花

风吹来你的气息
你的气息是巫山神话
我听到你的呼唤
你的呼唤漫开东方的朝霞

2022 年 12 月 14 日

黄昏的雨

黄昏的雨
淅淅沥沥
那是我对你的思念
化作的泪滴

蒙蒙细雨里
依稀见到了你
微风轻轻吹
送来一阵甜蜜

花落情未央
相思有几许
我的心
和着你的节律

黄昏的雨
依然淅淅沥沥
仿佛迷蒙中
牵着你的手，走在这雨里

2022 年 12 月 9 日

梦居田园

心远地亦偏
性本爱田园
静练绕孤村
归鸿飞数点
屋后藏榆桑
堂前流清泉
野芳三二枝
秀峰笼轻烟
红颜柳下荫
素手调琴弦
问君情何寄
南山桃花源

2022 年 3 月 11 日

新的语言

Mary，此刻你离我这么近
疏影立黄昏
那是你的歌声吗？
你是一只小鹿闯入我静寂的山林
我们沿着弱水河
穿过幽深而狭长的岁月
风清夕照人
脚下的沙粒也在歌唱
音符吞噬音符跳动如梦光阴
如果今晚月亮不会走失的话
我们就在这大漠深处
执子之手，静静地站着
站成夜空两颗璀璨的星辰

2022 年 11 月 27 日

一朵飘忽的云

云的姿势在云的呓语里泛黄

它借着风悠然飘荡

小河，是它必须光顾的

那只帆影正鼓动起它的梦想

田野村庄似乎也有无穷的诱惑力

那缕缕炊烟，也曾驻足观望

它变得更加闲适

好像又有点匆忙

它有时清纯得像村姑

它有时端庄得像贵妇

我远远望着它

它一转身就来到我身旁

忽闪的双眸像深不可测的潭

我受宠若惊呵

紧紧挽住它的臂膀

又是一阵风儿来

它扬长而去，绝情地投向远方

2022 年 4 月 13 日

瞬间

如火山喷发烈焰腾腾

似洪水决堤来势威猛

那一方静域

瞬间翻江倒海澎湃汹涌

我在波谷

看那蔚蓝色的天空

我在波峰

观那西天雨后的彩虹

莫高窟演绎千年神话

嘉峪关飘来阵阵驼铃

这是来自西部的奇迹呵

月牙泉不在梦中

鸣沙山吹来春天的风

2022 年 11 月 30 日

斑竹上的月亮

倦鸟归巢
今晚的月亮眷顾谁？
月色，难以临摹之美

箜篌，奏响远古之音
斑竹蓄满锋芒
锋芒刺破满腹的心事

秋风踏碎昨日的臆想
一池静水陷入崩溃
哭泣如歌，它喊出月亮的名字

2022 年 8 月 28 日

隐身跋涉

循着你的足迹，我是一个追随的影子
当倦鸟的啼声落在我的左手
我又是你的引领者

虔诚之物把我往朝圣的路指引
我揉碎积雪深处的疑问
它过于炽烈，我怕它会疯长

小心涉过一堆堆斑驳的落叶
坐在落叶的呻吟声里读你的诗歌
那个深藏宇宙玄机的字符在颤抖

东方欲晓，调皮的晨曦从梦乡滑落
我捡起它
像呵护一个婴儿，用尽我的全部

2023 年 7 月 10 日

灿烂的孤独

玫瑰的呼吸是紫色
鼎沸的声浪
托起一叶扁舟
天空如果困乏
你就让它多睡一会儿

如果没有雨
黄昏的风景将停下脚步
夜幕在热身
你是指挥家
阳春白雪下里巴人，任你演绎

星芒苏醒
正是孤独灿烂的时刻
你的笑容从指隙滑落
月光熄灭昨日的记忆

2022 年 7 月 29 日

昨夜为你醒来

瞬间了断原始意欲
文明在江水里逆流洇渡

思维是自由的也是束缚的
自由和束缚之间嬗变时光的心境

每一次回忆都是对你的创造
每一次模仿都接近或远离真实

光，从云翳展开翅膀
这个春天你复制了一切

2023 年 4 月 21 日

第二辑

荒原芭蕾

大海，我想对你说

我从《观沧海》看到你的气势
我从《海燕》领略你的苍茫
你曾出现在我的想象中
你也曾光顾我的梦乡
那一天，我终于看到了你
那是一个晴朗的早上
一轮红日从东方升起
浩渺的海面金波荡漾
荡漾着丝绸一样柔和的光
柔光里，海鸥在曼妙地飞翔
此时你温顺得像只小鹿
美丽得像个新娘
一旦风暴来袭
你就掀起冲天的巨浪
巨浪撞击着礁石
发出雷鸣般的轰响
此时你暴躁得像威猛的公牛
凶狠得像饥饿的豺狼
夕阳退去

最后一抹余晖也悄然隐藏

黑暗蔓延至苍穹

苍穹只有几颗闪烁的星

你神秘得如生命之谜

深沉得似宇宙般浩茫

每当极目海天一色

每当海风吹开我的遐想

大海，你容纳百川

比你更宽阔的也许是我的胸膛

2021 年 4 月 9 日

春之声

我是春风，春之生命的气息
我曾被囚禁在冬天
我挣脱冰雪扼住我喉咙的手
仰天长啸
呼来印度洋的闪电骤雨
我冲破黎明前的黑暗
魑魅魍魉在葬歌里战栗
我掀翻冬天的床榻
和倨傲的墓穴一起焚烧
我在二月的阳光里复活
太阳的光子在我体内碰撞聚集
我是一个蓝色的精灵
撩开踢出火星的双脚敲醒大地

我是宇宙的使者
北斗辉映我的绰约风姿
昆仑投下我亿万载永恒的影子
我的真，是那撕裂长空的雷电
是那箜篌奏出宇宙意志的乐曲
你是否惊叹我那磅礴的气势

我碾压一切的假，让真回归真
我的善，是洞开敞亮的灵魂
是摇曳在二月里的迎春花
我掠过高山峡谷穿越沙漠戈壁
吹开灼灼桃花吻出依依柳绿
我梦幻着多彩夕阳
也在黎明撒下缕缕晨曦

我是春之激荡的霹雳
我卷起冬日最后的残叶衰草
呼啸而来，呼啸而去
我扯下天空的乌云
连同人间的污浊垃圾
一起扔进太平洋的海底
我举起阿尔卑斯山曼舞
昂首饮尽地中海的黑雨
你看啊，我的热血在奔涌
从未有今天这样的痛快淋漓
我的潇洒
是那雷霆万钧之力

我的恣肆

是那溢出每一个毛孔的浩然正气

即使有一天我倒下，死去

但高贵的灵魂依然活着

我将在满园春色里昂首屹立

2021 年 2 月 1 日

雪后秩序

大地在战栗

不因皑皑白雪覆盖冰河的沉寂

而是一种力量

来得那么威猛迅急

雪花在空中飘飞

为什么大海还不平息？

我觊觎铁树开花

我渴望石头说话

如果我是盘古

我会再次开天辟地

如果我是后羿

我会放下那张巨弓

让数轮红日同时孕育一个奇迹

2022 年 12 月 6 日

荒原芭蕾

寂静的荡漾

背对突然裂开的天空

繁星，像无数盏射灯投向你

奔月的姿势

红色的回声

你的脚尖触发太平洋的风暴

谜一样的眼睛

你的睫毛挂满神的表情

不能复制和效仿

我渴望你来到我的梦境

光影，呈现白银的弧度

一切无限接近，但又不可触碰

时间在你的名字里栖息

茫然的凝视，脉冲式的跳动

那是一种聚变

像漆黑的呓语孕育在想象中的迷宫

罗密欧与朱丽叶在天鹅湖畔对话

我们有莎士比亚收回的一颗失去光芒的恒星
偶然的际遇是可以触摸的命运
舞姿改变的方向落下呜咽的鸟鸣

2023 年 7 月 7 日

老屋

打开锈迹斑斑的锁
我走进老屋
小心翼翼
唯恐翻破了
那张发黄变脆的纸

院落里
那棵枣树还在
粗皱的面颊布满狐疑
它歪着脖子上下打量我
"是否还认识？"

蓦然，树上有我晃动的影子
树下，走来母亲的身影
走来父亲的身影
弟弟妹妹的嬉笑声也在飘起
枣树佝偻着脊背，沉默不语

这是曾给我遮风避雨的老屋啊
这是撒下我笑声和哭啼的院落啊

几回回，我在梦里见到你
也把对你的眷恋
写在无言的黄昏里

枣树叶脉间似有江南丝竹响起
它划过老屋发霉的空气
飘荡成一曲幽怨追忆的旋律
一只雨燕飞过曾经的袅袅炊烟
落在老屋檐下，呢喃细语

2021 年 2 月 18 日

高原行

几多犹豫
几多彷徨
终于踏上西去的列车
驶往魂牵梦绕的西藏

车窗外的画面一幅幅
每一幅都让我终生难忘
可可西里
奔跑着精灵般的藏羚羊
沱沱河
蜿蜒向前静静流淌
唐古拉山
积雪覆盖泛着银光
一群群牦牛像黑色的珍珠
镶嵌在高寒的草原上

四十个小时的奔波
我终于站在世界的屋脊，举目四望
天是那样近
伸手就可扯下一块云当作衣裳

雄伟的布达拉宫

威严端坐在玛布日山上

大昭寺

梵音缭绕，使人意驰冥想

八廓街

转经的人们，眼睛溢出虔诚的光

我走进这原始的疆土

我走进这神秘的地方

千年冰川峭壁垂挂

万年峡谷湍流激荡

喜马拉雅山直指苍穹

雅鲁藏布江深情歌唱

南迦巴瓦峰云蒸霞蔚

尼洋河铺开旖旎的风光

林芝的桃花姹紫嫣红

鲁朗林海翻滚着绿浪

我走进这原始的疆土

我走进这神秘的地方

玛尼堆与雪山相映

五彩经幡和白云一起飘荡

我看到天葬场上空盘旋的苍鹰

我看到朝圣者匍匐的身躯

那高过额头的信仰

纳木错再也装不下我的深思

冈仁波齐的风亦吹翻我的遐想

人间的净土在哪里？

这儿就是栖息心灵的殿堂

不会犹豫

不再彷徨

有生之年

我会再去一次西藏

2018 年 7 月 30 日

出站口

他靠着窗弦
车外画面帧帧闪过
几头牛在春天的田野里嘶吼追逐
他体内涌动起燥热
托腮的手
像托着一座即将喷发的火山
空气中飘来圣女果的清香
轻轻一碰
就有无尽的诱惑
车轮滚滚
碾压着淮北大地的黄昏

攒动的人头
在出站口汇成一片海
他发现了她
她也捕捉到了他
那是一双等待的眼睛

急切，火辣，温柔

当目光的距离为零

夜色已爬过车站的栅栏

天籁趋于静寂

街心公园的梅花正含苞欲放

像挂满幸福泪水的笑脸

2021 年 2 月 21 日

高原随想曲

"住进布达拉宫

我就是雪域最大的王"

那一天，高原的风

把我吹到这神秘的地方

布达拉宫

殿宇巍峨金碧辉煌

蓝天白云簇拥着它

它像一位高僧坐在红山上

我神思悠悠，驻足仰望

群山掩映

五彩经幡随风飘荡

几只苍鹰在它的上空盘旋

仿佛昔日的主人还留恋那段时光

我拾级而上，穿越历史的隧道

身上落下这古堡的千年风霜

紧闭的梯形窗户

似乎要把所有的故事封藏

暗弱的光线里

酥油灯被衬托得分外明亮

空气里弥漫着过去的味道

挥之不去，徘徊于走廊

游人的脚步牵引着古老的信息

演绎前世与今生的碰撞

一幅幅壁画，栩栩如生

一张张唐卡，神采飞扬

喇嘛的诵经声和着缭绕的钟声

让时光变得静穆而安详

藏香弥漫的宫室里

我仿佛看到文成公主走来

传授藏人酿酒和纺织

我走过面前这尊佛像

顷刻间，心似乎没有了方向

虚虚晃晃的人影

都在那儿彳亍又彷徨

走出布达拉宫

八廓街转经的人还是一如既往

我感觉我碎成空气中的一分子

在拉萨街头飘荡

我感觉我变成一曲无词的藏谣

在高原上空唱响

2018 年 7 月 30 日

红灯笼

吊在廊檐下
风一吹摇来晃去
跳动的烛光
照不破四周的黑寂
它的内心也是个谜
燃烧着自己
为什么
还流出快乐的泪滴？

2021 年 2 月 27 日

游西湖适遇大风

大风袭人，风来自不同的方向
雷峰塔在颤抖
断桥在弥合

湖面已不再娴静
它卸下浓妆
像一个披头散发的女汉子

湖边一只丹顶鹤
用嘴巴掬水梳理羽毛
它立于风中而又顺从自然

西湖的潋滟在风中呻吟
我被呻吟声绊倒
而你正在我身旁整理被风吹乱的青春

2021 年 6 月 3 日

麦子黄了

麦子黄了
齐刷刷地站在那里
低头想着心事

有时
它也会随风起舞
欲抖落满腹的恐惧

阡陌纵横交错
上通天堂下连地狱
但出逃的路只有一条

阳光正烈
麦子愈发黄了
农家小院飘出霍霍磨刀声

2021 年 5 月 26 日

小木屋

一个小木屋躲进森林做起了隐士
好日子开始了

无噪声之乱耳
无琐事之劳形

晨曦与它相拥
晚霞与它相伴

溪水为它弹琴
小鸟为它歌唱

漫随天外云卷云舒
静观林间花开花落

千岁古树与它探讨生死
万年石头为它揭秘轮回

昨夜我做了一个梦
梦里，我变成了那个小木屋

2021 年 6 月 8 日

母亲

母亲的眼睛
是清澈的潭。她把潭水一样
纯净、深深的爱给了儿女
后来她的眼睛老花了，模糊了
仍清晰地看见孩子身上的胎记

母亲的手
是双美丽的手。她用纤纤玉指
理顺孩子的发，抹去脸上的泪滴
后来她的手枯槁了，颤抖了
仍等在门外接过回家孩子的行李

母亲的腿
是双健美的腿。她风里雨里
辛勤劳作，把儿女抚养长大
后来她的腿蹒跚了，疼痛了
仍穿越千里去看看在外的儿女

2021 年 5 月 9 日

野花法理

一朵不知名的花儿
孤立荒径
它擎着落寞向远山伸开臂膀

远山投来乜视
花儿春秋战国之姿愈发凄美
山的高度瞬间变矮

时光小憩
一睡三千年。花之梦
泛着甜腻的浊浪翻滚，涌腾

野花，其实不野
它是旅人暂存荒径的一件物品
它带着不可触摸的神秘，花开花落

2021 年 10 月 5 日

西伯利亚

在我原来的想象中
西伯利亚广袤蛮荒且寒冷
仲夏时节，我途经乌拉尔
终于看到梦中的西伯利亚
它像一个汉子，阳刚血性
它又像个女子，妩媚柔情
常年不化的积雪
在阳光照耀下晶莹
静静的湖泊
像一面面银镜
奔流的江河，交错纵横
古老的原始森林一望无际
挺拔的白桦林像整装待发的士兵
莽莽草地翻滚着绿浪
牛羊就像一个个绅士优雅而恬静
即使秋风会带来飞鸿的悲鸣
即使严冬会带来困兽的哀恸
西伯利亚，这一季的华姿
足以抵上万年的风情

2021 年 4 月 15 日

荷塘夜色

一池碧水

映着月影

几枝绿荷

顶着星星

蟋蟀在歌吟

蝉儿在欢鸣

飘忽的风

带着月光的温柔扑进夜空

飞舞的流萤

带着荷的香韵忽暗忽明

我走进这夜色

望着天上的月

月眷恋着星

我走近这荷塘

望着池中的水

水中的月儿

若隐若现，朦朦胧胧

是夜在月色中沉沦

还是月在夜色中思念重重

我想放歌

做只矫情的夜莺

但我不能放歌

我怕惊飞了这天籁般的寂静

采一束星芒

携一缕月色

今夜，也许有个好梦

2021 年 8 月 3 日

岸柳的心情

入秋的岸柳
疏远了与色彩的距离
它吐出苦涩的弧形
暗示一只上个年代的翠鸟
或将无家可归

空间的脚步
大小不一，有快有慢
岸柳的心情，在匀速阴郁
它显得毕恭毕敬
鼻尖的汗滴被云朵收容

心情的线条不止一种
它用尽毕生的储备去变换
为蝉的骤鸣而忏悔
为风的脸色而惊悚
为荷的目光而哭泣

2021 年 9 月 28 日

雨中听荷

雨，似乎越来越大
荷儿紧闭双眼
泪水不停地流下
风，似乎越刮越猛
荷儿蜷曲身子
任由鞭子式的抽打
昔日一池静水
瞬间翻腾着浪花
荷儿的娇躯东摇西摆
几乎就要被摧垮
我听着风看着雨
伫立亭檐下
荷儿向我投来凄美的一瞥
我的心立刻五味杂陈
我多想把荷拥进怀里
用我的身体保护她
可是我做不到

深陷痛苦难以自拔

风，越刮越猛

雨，越下越大

可怜的荷儿

依然在苦苦地挣扎

2019 年 10 月 15 日

我读不懂你的眼睛

当目光撞击
在千分之一秒的瞬间
它像一道闪电
划破沉寂的荒原
我默默低下头
受不了你的惊诧、羞涩和茫然
当我再次抬头
闪电消失了
只有一条悸动的弧线

2023 年 7 月修改稿

可可西里

有一个神秘的地方
被称为"生命的禁区"
这就是青藏高原的可可西里
它几乎杳无人迹

那一年的夏季
我坐在进藏的火车上
一路风景尽收眼底
绵延的雪山直插云端
蔚蓝的天空，一碧如洗
一条条冰川闪动着寒光
厚厚的积雪覆盖大地
除了火车轰鸣，一片静谧
可可西里
也被称为"美丽的少女"
此时我真正知道了它的寓意

苍鹰在天空盘旋
矫健的翅膀一展千里

成群结队的藏羚羊
奔跑起来呼风唤雨
威猛雄壮的野牦牛
调皮机灵的藏野驴……
这是一个动物的王国
蓬勃着大自然的生机

有一个画面最温馨
有一道风景最靓丽
每当火车驶过
附近护路工向列车庄严地敬礼
面对这一幕
有人流泪，有人感慨叹息
那佝偻而又力争挺拔的身姿
那一袭橘黄色的上衣
镌刻成我心底永恒的记忆

呵，可可西里
上帝的遗珠

你不是生命的禁区

你是美丽的少女

2021 年 4 月 16 日

风移月影

风移月影
飘过心事的窗棂
静静地
把岁月雕刻成一把古筝
跳动的音符低语往事
你是否还记得
那一晚我们窗下相拥
如水的月光
恰似你清亮的双眸
你的气息已是我杳远的涛声

2017 年 8 月 15 日

我和我的影子

雪后的阳光投在我身上
把我的影子拉得很长，很长
北风吹过
一阵寒凉
空寂的田野
装不下我的胡思乱想
风儿一吹
影子晃晃荡荡
它是什么？
它将飘向什么地方？
无人告诉我
内心一阵迷惘
看多了逢场作戏
看惯了红尘乱象
影子也会朝三暮四
像那水性杨花的姑娘？
不，影子那么忠实
始终伴随我身旁
走过了懵懂少年
见证了青春飞扬

经历了风花雪月

尝遍了喜怒哀伤

不离不弃

情深意长

我不知道在世界的另一端

能否再和它地老天荒

2022 年 11 月 15 日

雪花的快乐

飘舞的雪花那么轻盈
落下点尘不惊
用洁白铺开银色的世界
献给大地一片纯净
美丽被你锦上添花
污浊被你覆盖包容
你像一个温婉的女子
来也轻轻，去也轻轻
当太阳探出半个脑袋
眨动诡异的眼睛
你淡然一笑，快乐地一转身
在静默中消融

2019 年 12 月 30 日

局部荒凉

我的认知再次从雪峰滚落下来
下面的山体
一半草木葳蕤，一半怪石嶙峋

你一定原谅了我认知的荒谬
不然的话
经幡不会那么灵动，那么鲜艳

中巴在高原山路逶迤向前
硕大的果结在天上
娇美的花开在地下

我梦幻的足迹藏在苍鹰的羽翼里
蓝天白云扑向我
我怕你会起身离我而去

2021 年 6 月 7 日

溪边的小路

一条溪边的小路

蜿蜒伸向远处

几朵野花

顶着晶莹的水珠

几只蝴蝶

来回飞舞

有时溪水撕破了路面

有时风又扬起一把尘土

坑坑洼洼

须留心脚下每一步

一只水鸟

扑棱棱从芦苇荡飞出

一声啼叫

也许想和我打个招呼

我驻足一看

已行到水穷处

哦，不如坐下来

看那天上云卷云舒

2019 年 5 月 26 日

河边秋之黄昏

季节，在芦花摇曳中更替
时光，在河水涟漪里逝去
我前脚踏上春天的芳草
我后脚已在秋叶飘零的大地
小河的流水一直向东
我生命的方向始终朝西
茫茫宇宙，我不过转眼一瞬
滔滔江河，我不过沧海一滴
秋风萧瑟
我的思维逆风而起
晚霞灿烂
我向永夜迈开轻快的步履

　　　　　　　2017 年 11 月 20 日

窗口视角

远处的窗口
像梦魇的第三只眼睛
它呢喃着火红的呓语
忏悔一个黎明
正不可阻止地到来

时空之外
暗物质在游走。它招展的旗帜
图腾在欢呼
那高过脚踝的声浪
来自窗口的一望一瞥

窗口的视角
小于一只苍鹰俯冲的姿势
射日的后羿
被弓箭误伤。躺下的影子
是窗外的又一道风景

2021 年 9 月 18 日

白鹭定律

荷塘里的白鹭
好像时光老人掉下的一撮胡须
苦咖啡似的泡沫
漂浮起一座海市蜃楼

白色的羽毛
梳理出空间一丝不苟的发际线
戴着镣铐的舞蹈
舞出半个世纪的自由

展开翅膀
有时不是为了飞得更高
而是去验证
加勒比海的诱惑有多大

2021 年 9 月 19 日

微尘情绪

天空那粒微尘
是神经末梢的一个触角
它伸开或聚拢时光的五指
一块舞蹈的陨石，戛然而止

天空有时
像一位蹒跚的老妪
证实那粒微尘是多么可爱
它强大的心脏是世界的永动机

天空有时寂寞了
就在微尘的怀抱里撒娇
白天是一种方式
夜晚是另外一种方式

2021 年 9 月 18 日

落日

我看着你坠落
那颗欲死的心
裹挟着曾经高贵的灵魂
一路趔趄着下沉
我穿越八万里而来
站在这里，我在问：
一个生命就这样凋亡了？
几乎是在一瞬
那刚烈的正午
那蓬勃的清晨
已化为
飘浮在天际的一粒微尘
我要拯救你
我要关闭你的死亡之门
来吧
就躺在我的掌心
连同那块被烧红的云

跟我走吧

在宇宙的另一端

还有你的一个家

那里有等着你的亲人

　　　　　　2019 年 12 月 14 日

雨中

天在下雨，在下暴雨
雨水像癫痫病人的泪水
溺毙河流的呻吟
女娲补天的双手举起
梦幻的天空一片泥泞
雨滴在跳动
在欢快地跳动
它像蓝色的音符在燃烧
你涉水而来
庆幸的是你发际的沟壑已被荡平
如果你的跫音轻点儿
那一定是我明天不再魔化的身影
我把井蛙给你的颂词
寄存在高高的广寒宫
唯有这样，你微启的朱唇
才会嬗变为雨后的一弯彩虹
那钢珠似的雨滴还在倾泻
它已不再欢快，它几近愤怒
瞧，山体的岩石也奔突出火焰
那是野火也是罪恶的欲望之火

它试图冲破大雨的重围

雨正以磅礴之势把它扼杀在襁褓中

女娲补天的双手垂下

超越了蝼蚁彳亍的难度

雨中，你的眉际凝结成一座冰峰

2021 年 8 月 15 日

冬夜

冬夜，周围是无际的黑暗
听我的脚步声
好像来到上世纪的荒原
路边的草儿，像个弃妇
却挺起笔直的腰杆
瑟瑟枯叶
频频抛来一个个媚眼
枯叶和小草相拥了
这冰冷的夜有了温度
倦鸟强打精神
在巢窠里和星星交欢
这荒诞的夜
仿佛一个无底的深渊
我在深渊里
看到银河的渔火
听到外星的呐喊
我在深渊里
如同站在浩瀚的海边
波涛汹涌，巨浪冲天

我在这冬夜里沉沦

我也会在这冬夜里死去

时有轰鸣声呼啸而来又呼啸而去

时有强光划过又渐归黑暗

2019 年 12 月 12 日

崩溃的记忆

崩溃的记忆

沦陷万年

双手扶不起飘过的影子

那影子如梦似幻

一缕红色

把时光熏染得无比斑斓

它是谁?

虚空的大脑高速运转

它是前世的情人?

它是今日的旧欢?

五百年的轮回

等来这相遇的瞬间

清晨的雾

在细胞里蔓延

太阳的光子

穿不透影子的灰暗

灰暗在影子里聚集

那影子越飘越远

2020 年 3 月 6 日

黑暗与光明

黑暗和光明

是对冤家，从不相逢

光明是首喜悦的诗

多少颂歌因它而生

有时，我对黑暗也情有独钟

当夜幕垂临

黑暗弥漫于苍穹

除了我的心跳

整个宇宙一片死寂

我闭起双眼让灵魂在这里休憩

独享天籁般的安宁

我也可放开思维的缰绳

让想象天马行空

愚钝和智慧，在黑暗中净化

邪恶和善良，在黑暗里显形

上帝给了人黑白两色的眼睛

就是让我们透过黑暗看到光明

黑暗并不可怕

可怕的是，人心如果黑了

那就真的没有光明

　　　　　2020 年 11 月 6 日

清明的雨

小雨如烟似雾
飘个不停
这是清明的雨呵
来自我冰雪消融的眼睛
我在雨中默哀
我的双膝还有您的气息
我额头的土屑是您的嘱咐叮咛
我为您献上一束鲜花
再一次深深地鞠躬
待到云天苍茫时
我和您，在那边重逢
清明的雨如幻似梦

2021 年 4 月 6 日

四月的雨

四月的雨
像千万条银丝撒向大地
淅淅沥沥
像弹奏着悦耳的小曲
伴着些微云
携着些微风
让花儿吐艳
让杨柳染绿
小雨霏霏，如烟，朦胧的静谧
小雨蒙蒙，如梦，飘忽的心绪
我扔掉那把油纸伞
雨里，来次全身的沐浴
雨水划过脸颊，柔柔的
雨水流进嘴巴，甜甜的
就这样
听着雨，想着你
想着你，听着雨
四月的雨
给万物带来勃勃生机
但是，此时的我

无端生出几分忧郁

有人说四月的雨是天使低头时的眼泪

莫非我的愁绪来自那里？

2018 年 4 月 30 日

云朵

我凝望白云的飘逸
它沉默不语
风，窥见我的内心
虚妄踩在我的脚底

越来越轻的步履
越来越重的叹息
天空落下几粒尘埃
掉在生活的阴影里

我停在路边一隅
仿佛听到长河的哭泣
远山也有白云笼罩
转而又飘忽西去

2019 年 10 月 29 日

我沦陷在夏夜的星空

天上的街灯亮了
那是无数的星
星，像沙漠里的沙子
也像成群结队的萤火虫
它是蓝宝石在闪烁
它是神注视人间的眼睛
我伫立于沉寂的田野
静视这诡谲的星空
星空像极了
我折断翅膀的梦
我攫取一束星芒
星芒像一根针刺痛我的神经
我想逃离
却又移不开双脚的沉重

2021 年 6 月 11 日

我在秋雨里等你

我在秋雨里等你
雨声就像施特劳斯的交响曲
下雨的天空
布满灰色的阴郁
一只鸟儿雨中飞翔
传来一声凄啼
循声望去
依然潇潇烟雨
不见你的影子
不见你的踪迹
那一年寒秋
也下着这样的雨
一把油纸伞
伞下走着我和你
绵软的江南吴语
此时正萦绕我的耳际
一片落叶被旋风吹起
带着晶莹的水滴
不，它不是水滴

那是我的泪滴

我等在相约的地方

不管是秋阳高照还是秋雨淅沥

2020 年 9 月 7 日

我在高原望星空

纯净的天空，偶尔一朵云
温柔吻过珠穆朗玛峰大本营
脚步声犹如恋人昨夜的呓语
抵达千年岩石的深处
在这海拔五千多米的地方
连绵起伏的雪山是我未醒的梦

太阳西沉
最后一抹余晖晕染了珠峰
暗紫色的天幕繁星点点
眨动着如同尘世间人的眼睛
时而明澈时而暧昧，诡秘而冷清
康德说有样东西越思越敬畏
这就是头上的星空
浩瀚宇宙埋藏了多少万古之谜
使人疑惑重重
星空下的山峦死一般沉寂
着了火的地球，伤口里的世界
也没有消弭此时的宁静

夜幕垂临
清澈的银河从星空露出真容
"盈盈一水间
脉脉不得语"
银河的这边，我仿佛看到个人影
他在四处张望
流露出焦虑的神情
他是谁？
他是牛郎。在等他的织女
织女为何没来呢？
莫非她移情别恋？
莫非她遇到了什么事情？

我望着天上的星
星也在望着我
我的内心已被它窥见
不曾裸开的殿宇一触即倾
我的灵魂亦被它惊飞
化作鲲鹏逍遥在万里长空

2021 年 7 月 30 日

第三辑

灿烂时辰

车过长江

车过长江
从窗口望去，江水是匹奔腾的马
而我则是静观的一只兔

长江万里
从唐古拉山而来，到东海而去
中间荣辱起伏似乎与我没有关系

波浪滚滚，翻出历史的陈迹
千古风流人物，似泥沙沉入江底
偶尔也会像鱼在水中游弋

苏子与客泛舟赤壁的时候
我正在江面撒网捕鱼
千年流水之声，我不过是瞬间一水滴

2021 年 6 月 2 日

雅鲁藏布江大峡谷

天空是平静的，云也是一动不动
它们像修养极好的绅士
在看一个暴跳如雷的人

大峡谷在发怒
它的吼声高过我的头顶
它的唾沫溅到雪山上，雪山更白了

那个女孩艳红的连衣裙，
像斗牛士挥动的魔布
大峡谷的雄性被彻底地引爆了
它一把扯下那朵云，死死地塞进嘴里

我是被大峡谷教诲的一个跋涉者
是被它碰伤的一棵草
也是被它隐藏的一粒沙

2021 年 5 月 23 日

游新疆天池适遇大雾

这雾是专为周穆王和西王母的
幽会而来，也是为我而来
这天池在天上摇，也在雾里摇
雪山若隐若现
博格达峰像神蒙上了头巾
天山之雾梦幻般地洒落
把缥缈的湖面渲染得更加神秘
山与水连为一体
水与山合二为一
雾氤氲出碧透的灵韵之气
那是山水结合生出的孩子
我看到这孩子
一会儿向天山撒娇
一会儿向天池邀宠
雾，也把我彻底地异化
我已非我

2021 年 6 月 14 日

牧羊人

他是个羊倌
他放牧着羊群，羊群也放牧着他
离茅屋不远的小河边
是他和羊儿的伊甸园
那里风景很美
弯曲的小河像条白练在他心里飘飞

他离活着很近
离生活却很远
遥想当年
他错过花香的清晨
也误了鸟鸣的黄昏
至今，他还是一条光棍

他有时似乎听到来自河底的声音
像呐喊，又像歌吟
在呐喊什么呢？
又在歌吟什么呢？
他看着羊群，羊群也在看着他
手里的牧羊鞭像条蛇噬咬他的心

他有时站在羊群里发呆

在做白日梦

他梦到了什么呢？

一只温顺的母羊变成了他漂亮的媳妇

一只雄健的公羊屙出了钞票

他住进了别墅，开起了奔驰

他举目望过辽远的土地

天边的夕阳

像滴着鲜红的血液向他拥来

他用鞭子狠狠抽打那只调皮的头羊

他的一声叹息，犹如晚风飘来

几个婉约的音符陪伴他的归途

2021 年 2 月 18 日

一位晨练的老太太

佝偻的身躯，向上伸展双臂

她似要再次攀上曾经的人生高地

显然，她已力不从心

她把手移向前方，好像触摸辉煌的过去

她只抓住了几缕发紫的阳光

但是沧桑的面容仍布满刚毅

她把腿向前踢去

仿佛要甩掉一身的病痛

又好像试探生到死的距离

她的白发在风中飘散

胸前的红纱巾像梦里角斗的旗帜

我听不见铿锵的呐喊

却感到她那沉雄的一呼一吸

2021 年 5 月 8 日

从蚌埠去拉萨的火车上

午夜。本应在梦乡
我却坐在去拉萨的火车上
昏暗的灯像我困乏得睁不开的眼睛

车进陕西
我像骑着巨龙在八百里秦岭游弋
和山峰有点碰擦，我感到轻微的疼

邻座，一位健硕的非洲小伙
面部可人的光泽
照亮我心中的荫翳

那曲。我下到站台吹吹高原的风
此地海拔五千多米
而我的人生高度只有一米七

靠窗的一位女孩，托腮静思
从缝隙挤进来的一朵云
把她紧紧地揽进怀里

唐古拉山下。抛锚的车队
前面看不到头后面看不到尾
像躺在冰雪上的一具具僵尸

一个壮年汉子
高反了。晕倒。鼻血直流
一个女人围着他，像护理一个婴儿

可可西里
一群藏羚羊在东张西望
似乎还在惊怵那带血的枪声

一位七十多岁的老太太
看着窗外，哼起《我要去西藏》
仿佛布达拉宫的经幡正向她招手

荒野。一个护路工向列车庄严行礼
身上那件黄背心刹那间光芒万丈
火车鸣笛。车上乘客不禁泪目

拉萨晚上的八点，太阳仍高挂天上
就像内地早上的八九点，充满生机
这个旅途四十多个小时。
如同转了一次神山冈仁波齐

2021 年 5 月 22 日

灿烂时辰

那一天无数黑夜拥抱一个黎明

体内之钟，脱离时间秩序

途经偶然、必然和惊诧

仰望天空，群山倒立，飘来飘去

俯瞰峡谷，湍流静止，清澈得幽深且辽阔

我陷入凝视中

一种古老而年轻的姿态

梦，在寻找一个落脚点

你的眸光，我的色彩

我转身向你

旧时的月辉坠地

所有的摇摆没有一点涟漪

2023 年 1 月 18 日

某次产品推介会

偌大的展览厅
时钟仰卧，窗帘紧掩
调皮的烟雾鼓捣我的鞋子
鞋子变成一艘万吨远洋货船
一只散养的土公鸡土味散尽
顺着声音飞到主席台前
抢过话筒
一声高喊
我的手里没有箭矢，没有玫瑰
怎么突然一阵心悸？

他们哭着赞美我，掉在地上的灯影
与那款产品一模一样
窗外传来小贩的吆喝声
吆喝声如同冷美人鲜艳的霓裳
那只土公鸡清了清喉咙继续演讲
一如工厂流水线机器隆隆作响
灰暗空气里晃动着灰暗的脸庞
好像大兴安岭刮来的枯叶飘荡

男人和女人们哭着相拥
女人和男人们笑着推推搡搡

我看着你为土公鸡披上外套
外套上爬着只断了尾巴的黄鼠狼
过去的你
经常出现在江南的青石小巷
偶尔见到你在烟柳画桥
挽着佳人的手嚼着口香糖
土公鸡一拳击地，结束了演讲
抖落的羽毛化作推介的产品
铺天盖地，纷纷扬扬

2021 年 4 月 1 日

九寨沟的水

九寨沟的水
清澈得像少女的心
一颗未被尘世污染的心

九寨沟的水
碧透得像少女的眼
一双柔媚而梦幻的眼

九寨沟的水
飘逸得像少女的长发
丝绸般柔顺且光洁

九寨沟的水
美丽得像一个阳光少女
一个站在湖光山色中的少女

2021 年 4 月 23 日

大海

大海咆哮起来就是一头雄狮
而温顺的时候则像一只小鹿

大海之大，日月之行若出其中
大海之小，可装进一个人的胸膛

大海就像变幻的生活
生活也就是汹涌的大海

大海有过沉沦时的快乐
也有过苏醒时的痛苦

大海佯装的咆哮是纸老虎
而它虚假的平静则是真老虎

知海者，非我莫属
因为我是上古时代大海里的一条鱼

2021 年 6 月 17 日

我身旁，飘过这女郎

像飘飞的芦絮

你飘过我身旁

我不知道你要去的地方

却知道你灵魂迁徙的方向

那个转身

沉醉了天外的夕阳

那袭黑衣

神秘着布达拉宫的佛光

你抑郁之容

绘进久远的甲骨

你朦胧之姿

写入《诗经》的华章

我用卜辞破解你的隐秘

我用青铜敲开你的思想

蒹葭苍苍

白露为霜

我彳亍在冬日的芦苇荡

像飘过的芦絮

我身旁，飘过这女郎

2021 年 1 月 22 日

某一天黄昏

太阳快被火化了
梨树禁不住亿万吨的悲痛
戴上雪片似的白花

蜜蜂哭肿了双眼
泪水泡黄了
油菜打出的灵幡

麦苗捂住哭丧的脸
指缝间
露出一丝诡异的笑

晚风
慵懒地吹着
抚慰流水的哀鸣

2013 年 4 月 5 日

流浪汉

他蹲在街头雕像的基座上
淡然的样子，让我仰视
仿佛他就是他身边的这个雕像
身材伟岸，手指向远方划破贫瘠
攒动的人头，喧嚣的声音
似乎这一切都和他没有关系
我站在他的面前，不知道他想着什么
好像隔着一个春天的距离
街灯斑驳的光影在他古铜色脸膛上泛起
乱而飘逸的长发
犹如穿越时空而来的古罗马骑士
此时，天地合为一体
万事万物都遵循着各自的秩序
他向我射来闪电般的一瞥
我猛地一颤，似乎又心有灵犀

2021 年 4 月 8 日

一棵新来的树

我站在大兴安岭的森林里
破碎的晨光穿过枝叶间的缝隙
重重地摔在我身上
我试图躲避它，固然它很可爱
像一个妖媚的女子
但我不想揽它入怀，也不想拥它入梦
风粗暴地拨开林间的翳影
我小心地避开偶尔从额际上方飘来的落叶
脚下的枯枝里弥漫出奇异的果香
我贪婪地咀嚼着并渴望一次燃烧
在林间站久了，那些大树小树
都以为我是一棵新来的树
有的礼貌地和我打招呼
有的追问我从哪里来
做什么的，有多少收入
此时我涌动着一种欲望
要成为这丛林的领导者
并对丛林法则进行改革
我继续僵硬地站在那里
保持着一棵树的姿势

我望向森林的深处

似有蓟草触碰裙摆的窸窣

突然，满天的乌云席卷而来

倾盆大雨一泻如注

雨，并没有淋湿我的衣服

却淋湿了我的思想

我举目四望

远处的山峰不见了，我也不见了

我确信，我的前世今生就是一棵树

2021 年 4 月 20 日

一条谦卑的小溪

一条小溪静静流淌
在高山面前，它选择了避让
它绕过山脚迂回向前
不以柔弱之躯与岩石硬冲直撞
小溪流过树林穿过草地
大海又挡住了去路。怎么办呢？
小溪选择了顺从。它扑向大海
大海也许是它的归宿
我把小溪走过的路，又走了一遍
小溪有顺从之美
也许我一生也学不会小溪

　　　　　2021 年 6 月 13 日

秋梦

秋风萧瑟，秋叶飘零
我在潇潇秋水里泅渡，挣扎
时而又贴着水面飞行
那水面像月亮扔下的褪色的黄丝巾
蠕动着弗洛伊德的梦
我在飞行。我的翅膀被流星击中
我用残羽滑翔，向着幽蓝色光焰的岸
萤火把岸熏染成血红色
和忽喜忽怒的蓝光交相辉映
我掠过岸礁。海鱼集体沉默
它们面朝沙滩深藏事不关己的眼睛
一条热心的鱼儿跃起，指引我
继续前行。蓝光在不远处频频闪烁
我以阴晦的虔诚，亦步亦趋
我想忏悔，但又不愿说出我的罪孽
我想许愿，但我已把阴阳两界看得那么清
在举棋不定之际
我的影子替我向蓝光双手合十

并用余光偷窥我的表情

我俩会心一笑

蓝光就射出一缕啜泣声

2021 年 5 月 11 日

可可西里，我邂逅一群藏羚羊

这是一群高原精灵藏羚羊
昆仑山最清楚它们的悲伤
它们胆小善良也难以避免它们的栖息地
变成血腥的屠宰场
它们虽然擅跑
却跑不出忘义者贪婪的目光
它们虽然躲藏
也躲不过偷猎者罪恶的枪膛
一条沙图什
至少三只藏羚羊的生命
这挂在贵妇脖子上的披肩呵
有浸透的鲜血在流淌
藏羚羊在哭泣而又无力反抗
我站在可可西里
向神山昆仑远望
摇曳的狼毒花怒放出六月的呐喊
清澈的库赛湖翻滚着哀怨的波浪
我用藏羚羊长长的尖角

驱散天空的硝烟，打开记忆的城墙
我用藏羚羊的泪水
换取可可西里明媚的阳光

2021 年 4 月 20 日

清晨

西伯利亚吹来晨间的风
凄凄鸟鸣声
一个晨练者把拳头砸向树干
路边卖早餐的老太太满面愁容

建筑工地的塔吊在旋转
农民工开始了一天的劳动
这良田将崛起又一座高楼
试比天公

我登上十八层楼顶
看这远远近近的风景
清晨的天空在我心里瞬间变小
我的心在天空里忽然灰暗朦胧

2021 年 5 月 5 日

梦境

昨夜的风在屋子外疯狂奔跑

而我只管做自己的梦

我梦见

我被一只雄蝴蝶打死了

另一只雌蝴蝶吻活了我

我梦见

我住进黑暗冰冷的坟墓里

四周却有扑鼻的香气

还有温柔的手臂和我拥抱

我梦见

我在穿山甲的肚子里开起餐馆

生意红火人流如潮

我梦见

我蜕变成一个猿猴

裸露着私处上蹿下跳

…………

屋子外的风累了，停了

我的梦醒了，只听见秋蝉的哀号

2021 年 3 月 12 日

雨中玫瑰

分不清哪些是雨水
哪些是它的泪水

它伤心欲绝。"你嫌我红颜已逝
毕竟我是有过红颜的昨天呀"

风，动了恻隐之心
递给它一块香喷喷的手帕

远处那棵橡树虽经岁月仍身姿挺拔
像一个风度翩翩的男子

雨，加大了咆哮的力度
似有把玫瑰揉碎快速重生之势

2021 年 5 月 25 日

游淮北显通寺

这是一个阴郁的上午
雨趔趄着从屋檐摔下，砸在你的秀发上
凹凸的疤痕清晰可辨

风吹过那几棵千年古柏
窸窣之声，仿佛是你的啜泣
也好像是神抛出的谶语

雨水擦亮了乾隆那几个题字
但历史的霉味还在疯长
恰如你的眼睛总有昨天的荫翳

我们站在大雄宝殿的廊檐下避雨
我们各自都有一把伞
但都不会轻易去撑开它

2021 年 5 月 28 日

宽窄巷子的夜晚

鼎沸声高三尺
冲击巷子里的灯光忽明忽暗
攒动的人头
像杜甫草堂刮来的茅草碎片
喧嚣的激情
似要把那块拴马石连根掀翻
我在十步之外
看这宽窄巷子的夜晚
宽巷子，其实也不宽
它装不下恋人互抛的媚眼
窄巷子，其实也不窄
它容得下汹涌澎湃的欲念
宽巷子阴郁的眼神
撩开良人的裙裾
窄巷子萨克斯声中多出的音符
送给了那个少男
这斑驳的夜晚啊
我在这宽宽窄窄中抽身侧转
当人潮退去
当喧嚣归于静寂

我踱进巷子深处

青石板上的脚印突兀得像座山

我被绊倒，我的影子扶起了我

远处传来大慈寺的钟声

宽和窄在巷子里缱绻

2021 年 3 月 9 日

秋叶的祈祷

垂挂的秋叶
是死亡的一个符咒
它涌起抑郁的波涛
咏唱一段青涩时光的终结
和泥土亲吻泥土的开始
黑暗之门洞开
进还是不进？

一片秋叶垂挂的姿势多么曼妙
它可以远观近瞧
也可以高望低瞰
它几乎用尽从摇篮到坟墓的时长
诵完无字真言
真言只有一个
祈祷的心却有多种

2021 年 9 月 17 日

送别

你走了
我送你到浍水
一叶小舟
把我的心荡碎
我凝视着
你缓缓摆动的红丝巾
它是一团火
烧干离人的泪
远了，远了
融进夕阳一片晖

2020 年 1 月 1 日

几天未见你

几天未见你
好像天空飘来一层云翳
你在云的上端
我在云的阴影里叹息

几天未见你
好像隔了一个世纪
丛林迟滞的风
再也吹不走你的欢声笑语

几天未见你
你从未走出我的心里
虽然你淡出了我的视野
但越远你的音容越是清晰

2020 年 11 月 2 日

致榕树

第一次看到你

是在福建沿海的一个村庄

那是一个炎炎的夏日

你擎天的树冠撑起偌大的阴凉

我走近你

仔细端详

粗硕的树干

读不尽千年沧桑

修长的气根

蕴藉百转回肠

低垂的枝丫挂满祈福红丝带

朝拜的人儿来来往往

人们信你是神

念想和着风一起游荡

你的伟岸

让我仰望

你的威仪

使我恐慌

不知为什么

突然间我迷失了心的方向

2019 年 7 月 25 日

飘然何方

晚秋
叶落
大雁南飞草枯黄

花无语
风却懂
月色朦胧闭疏窗

匆匆一回首
忽觉岁已晚
故人西辞立斜阳

无一是你
无一不是你
流萤飞面话凄凉

薄念
山河远阔
风雨散，飘然何方？

2019 年 10 月 5 日

海韵

我彳亍于海滩
像一个精灵
一个刚走出海底的精灵
一丝光眩晕了世界
那丝光跳动着蓝弧色
像黑暗里狼的眼睛
绵长的海岸伸向远方
水天缥缈处
那叶孤舟是否还在快乐地颤抖？
脚下的沙砾
在痛苦地呻吟
是不堪这肉体的重负
还是风刺伤了它的神经？
潮起潮落
似那伊人的心情
浪来浪去
似那伊人的身影
当海鱼腾起冲天的水花
当海鸟吼出凄厉的歌声

沉睡千年的海魂被惊醒

是否看到

记忆之门灯火辉煌，鼓乐齐鸣？

2021 年 8 月 15 日

一只寂寞的蝴蝶

一只蝴蝶
疏远了与春天的距离
蝴蝶的斑斓
撩乱我的心思
色彩掉进阳光里
这偶然的触碰了无痕迹
蝴蝶飞了一圈
又回到原地
多情的双眼寂寞了许多年
但那身外套依然华丽

2021 年 2 月 8 日

雪莲

生命一旦在岩壁着床

便开始了一生的抗争

苦痛落下的泪变成水

伤口掉下的肉当作土壤

一颗孤寂的种子

在冰天雪地里抽芽吐蕾绽放

雪山连绵

天地苍茫

你的圣洁

是因为，你曾经历过悲伤

你的冷艳

是因为，你曾遭遇过凄凉

雪莲，你独语悬崖峭壁

把一颗噬痛寂寞的心变成一抹阳光

2018 年 8 月 2 日

夜登泰山

松涛间吼满天星
盘道迢遥伴夜行
极目凌空望弯月
足音铿锵惊帝梦
明知前途多崎岖
偏向峭壁展峥嵘
待到东方出红日
立于山顶我为峰

2014 年 7 月 23 日

白月光

眼前的白月光
消瘦了
攥紧的拳头再也抽不出一滴血

天老地荒的亘古誓言
瞬间，被一只流浪狗攻破
时间的姿势，又多了一种

三分钟的新鲜体验
一座城池，在旋涡里呼救
远山，闭上假寐的眼睛

不知风吹自哪一个方向
白月光，匍匐骨质疏松的身躯
泪流满面。一个影子在自由驰骋

2021 年 9 月 20 日

足迹

落叶在秋风里飘
野火在暮色里烧
灰蒙蒙的天空
传来几声孤鸿的哀号
我在小河边
走在你走过的小道
你的足迹在哪里？
只见被踏过的小草
我按下一颗凄凉的心
朝你的方向远眺
如果，如果你的手挽着我的手
这个黄昏便不再寂寥

2019 年 11 月 20 日

遇你，在黄昏

遇你，在黄昏
我从田野归来
小径偷听到我对你的低低私语

你走来
在这寂寥的黄昏里
你走来，款款地，像一首诗

我按下一颗跳出喉咙的心
像掠过的一朵晚霞
从你身边，淡淡的

如果我走上前去
轻轻地说一句
也许就不会有这千百次的折磨

黄昏里
望着你丁香一样飘逝的背影
你的脚步把我的思绪拉长

2022 年 7 月 20 日修改稿

梨树挂果了

梨树挂果了
老李走进果园
说起去年死掉的那棵树
一种好奇向我袭来
老李说
"那棵树死于抑郁症
它拒绝土壤里的水分和养料
并用枝叶抽打自己
我给予足够的心理疏导和关怀
但它抑郁得太深，积重难返
在一个疾风暴雨的夜里自缢身亡"
我问，它为何会那样？
老李说可能是给它的产量定得太高压力太大
听完老李的叙说
风吹过叶隙发出一阵窸窣声
我感觉我就是去年死掉的那棵树

2018 年 7 月 20 日

穿越

穿越梦幻星空

飘过浩瀚苍穹

我来自一粒尘埃

在宇宙大爆炸中生成

星河因我而璀璨

时光因我而永恒

清幽的灵魂

梦一般轻盈

一舞山翩跹

一歌水动容

红尘滚滚来去匆匆

交替着生命的枯与荣

我倾听自己的声音

寻一份心静

我探索万物的盈虚

寻一份心清

乱红飞处

我和幽欢相拥

荣辱之间

我和淡定相融

我放慢我的脚步

看看周围的风景

潺潺的流水

高高的山峰

蛮荒的沙漠

大海的涛声

每一个都是上帝的杰作

每一个都是大自然的鬼斧神工

我爱这世界

世界报我以笑容

我爱这生命

生命给我以灵性

穿过梦幻星空

飘过浩瀚苍穹

天地一逆旅

我觊觎，我的征途有你同行

2019 年 10 月 20 日

纳木错

清澈的湖水

像天使碧蓝色的眼睛

皑皑雪山

在水中倒映

成群的水鸟

像一个个精灵

五彩经幡迎风飘舞

转湖的信徒满面虔诚

纳木错

一湖圣水演绎绝世风情

躁动的心

在这里得到平静

平静的心

在这里趋于神圣

我用一世的虔诚掬起一滴湖水

湖水愈合所有的伤痛

我用一生的忏悔捡起一枚石子

石子填平全部的虚空

纳木错，这一次的相遇

注定了次次相逢在梦中

2018 年 7 月 20 日

我是谁

我认知的最大障碍
就是不知道我是谁或我是什么

想起自己的卑微
或许我就是一棵草吧
但我也不如一棵草
我没有春草的勃发
没有夏草的葳蕤
没有秋草的遒劲
草，野火烧不尽春风吹又生
而我只能由生而死
以我比草
贬低了草，拉高了自己

想起自己那豆火之光
或许我就是一颗星吧
但是我没有星那么晶莹
没有星那么璀璨
也没有星那么神秘
康德说有两样东西越想越敬畏

这就是心中的道德律和头上的星空
星的后面还有什么？不敢想
我如此简单。以我比星
亵渎了星，神化了自己

想起我似有伟岸之身躯
或许我就是一座山吧
但是我没有山那么雄峻
没有山那么壮观
峨峨兮若泰山
高山使人仰止。我却使人冷目
我如此之渺小，奄乎若浮尘
以我比山
愧对古人羞见来者

我是谁？我是什么？
一生之问。荒野的泥土告诉了我

2021 年 6 月 13 日

轨迹

据说我出生时
有一个意外的小插曲
从此，在我人生的跋涉中
遇到的东西更多的就是扑朔迷离
其实，不在于这有多么曲折
而是能否把它转化为机遇

依山傍水，临河而居
戏水是我儿时最大的乐趣
水能载舟亦能覆舟
有次我差点儿就葬身水底
不是我对死亡有多么恐惧
而是我还没有最终确定到达下一站点的距离

三十而立，突然来了场疾风骤雨
风几乎把大树连根拔起
有人说，风雨过后是彩虹
我守在玫瑰树下，注视风来雨去
所有幸与不幸，瞬间打开又关闭
我左手是血，右手扎满荆棘

临近不惑

风从树上摔下来的声音都是我的心事

雾里待久了，看什么都是一个谜

不是我的脑袋有多么愚钝

而是在世事这场大梦里我还没醒

只偶尔在大雪密集砸出的缝隙前徘徊犹豫

探头探脑，进与不进都小心翼翼

跨过天命，太阳已经偏西

日落之前，我还要爬过雪山走过草地

把疲惫的汗水修炼成黄昏的丝雨

不是我对日落充满着恐惧

而是那蓬勃的清晨在声声呼唤我

"请放慢脚步，不要走得太急"

有时我冒雨来到父母的墓地

我确信不是阴阳两隔，本来就是一体

割断一生的奔波，放下疲惫的身躯

安顿困乏的灵魂，脚下的泥土触手可及
如同黄河在深夜也知道明天的去向
我终将取出一生的芬芳去覆盖孤独的大地

2021 年 4 月 14 日

静静的漵河

一

我扯下最后一抹夕阳

给远去的帆影披上霓裳

九曲十八弯的漵河啊

恰如走过的路，起伏跌宕

两岸的芳草

黄了又青，青了又黄

唯有那流水喧嚣着红尘

不慌也不忙

流逝的时光

就是销蚀的红颜

就是哀婉的梦想

流逝的时光

就是生命的礼赞

就是悠扬的歌唱

二

远去的帆影消失在天际

静静的漵河轻轻流淌

清冽的河水滋润过干燥的嗓子

也把童年的梦带到远方
稚音和着鸟鸣
一起洒落在芦苇荡
天空为什么这样蓝？
每天为什么会有一轮新的太阳？
这个世界很神奇
天玄地黄，宇宙洪荒
那本被翻破的《十万个为什么》
一颗好奇的心在里面徜徉
"天地万象之理，存亡兴废之端"
由谁执掌？

三

春天来了！春天像发情的公牛
恣肆着它的威猛和阳刚
洗去倦容的瀙河，还是静静的
它有点腼腆，像位待嫁的新娘
青春属于春天
它站在街垒上，它的旗帜高高飘扬
它向一切致意

不管明媚还是忧伤

跳动的音符飘进校园

激荡的旋律在象牙塔里唱响

手抚喜马拉雅雪峰，足踏昆仑山梁

到长江击水，在黄河荡起双桨

青春的热血在沸腾

似乎到处都是灿烂的阳光

四

阳光洒在漰河上

一株百合伫立岸边逡巡粼粼波光

它在忆念什么呢？

是那向晚的归舟？

是那嘶鸣而去的飞鸿？

曾经灯火阑珊，夜色朦胧

青涩的片段在残垣里珍藏

仿佛记忆瞬间关闭又开放

时光不老，悸动的心陡长三丈

迎来一个季节的花香

送走一个季节的风霜

站在珠穆朗玛峰向这边眺望
百合的心曲与天籁联韵
天地间脉动的还是山高水长

五

那个多梦的夜晚
泪水抬高了丰腴的河床
几丛芦苇披散着头发
立在水中央
风，翻阅一河轻柔的细浪
千百种色彩妖娆那段时光
还记得那片沼泽地吗？
你的胸脯起伏在滚烫的脊梁
火焰在海水里燃烧
海水在火焰里飞扬
那火焰像牧师驱走的一层云翳
那海水似神父挥来的满天霞光
固然风雨如磐
它曾静静地凋谢也曾静静地绽放

六

雪花像洒下的纸鸢纷纷扬扬

潩河停下调皮的脚步换上银装

那是一个童话的世界呵

正如你喜欢这世界的静美

远处有暗香袭来，那是梅花的怒放

当彩鸢在那枝梅边翘首

当大地的胴体闪烁着凝脂的亮光

你的歌声蜿蜒而来

恰似冰下的水缓缓流淌

我攫取它的每一个音符

复制在亿万年前的山冈

我吞噬它的每一个旋律

链接在亿万光年的天壤

这个世界仿佛消失了

唯你的歌声还在河边回荡

七

我扯下最后一抹夕阳

给远去的帆影披上霓裳

我曾随着帆影去远航

不管走到哪里我都回首深情地眺望

静静的漈河

我可爱的故乡

清晨的炊烟，在乡愁里升腾

黄昏的橹声，在乡愁里摇响

那丢失在河上的一片月光

曾是我炫丽的梦想

那伫立菡萏的一只蜻蜓

曾让我碧绿的心湖荡漾

静静的漈河

我一颗静静的心已无波浪

2021 年 2 月 1 日